우리 동네 현식이 형

100억을 말아잡수신

우리 동네 현식이 형

글 박제영
그림 김준철

달아실

프롤로그

약이 되거나
독이 되거나

이것은 여시아문(如是我聞)입니다. 그러니까 제 이야기가 아니라 촌철
살인하면 둘째간다 해도 서러울 우리 동네 현식이 형의 이야기입니다.
형에게 들은 것을 다만 글로 옮겼을 뿐입니다.

이것은 험한 세상 그 망망대해의 고독과 거친 풍랑을 헤치며 건너온 한
사내의 파란만장을 기록한 것입니다. 물론 아주 일부일 뿐입니다. 모쪼
록 행간을 통해 전체를 읽어낸다면 좋겠습니다.

이 글을 쓰면서 시적인 형식을 조금 빌렸습니다. 그러니 이것은 시다 아
니다 시비를 걸지는 말아주시길. 詩非, 시든 아니든 무에 상관이겠습니
까. 어쨌든 이 글은 당신에게 약이 될 수도 있고 독이 될 수도 있을 것입
니다. 무엇이 되는지는 오롯이 독자인 당신에게 달린 것이지요. 물론 저
로서는 약이 되었으면 좋겠습니다.

제가 그 동안 살펴본 우리 동네 현식이 형은 세상을 바라보는 참 독특
한 시선을 가진 사람입니다. 세상을 이해하는 참 독특한 방식을 가진
사람입니다. '그런 독특한 시선으로 세상을 한 번 바라보면 어떨까. 그
런 독특한 방식으로 세상을 이해하면 어떨까. 그 동안의 세상과 또 다

4

른 세상을 간접 경험해본다면 어쩌면 그만큼 세상이 조금은 넓어지지 않을까? 그런 마음으로 이 책을 세상에 내놓습니다.

아우의 무례를 너그러이 받아주신, 김현식 형님께 고맙다는 말씀을 전하고, 삽화를 멋지게 그려준 김준철 화가께도 고마움을 전합니다.

끝으로 이 책이 나오게 된 배경에는 시인 전윤호 형이 있다는 얘기를 해야겠습니다. 이태 전 어느 날 현식이 형, 윤호 형 그리고 저 이렇게 세 사람이 술을 마실 때, 윤호 형이 그러는 겁니다. 현식이 형의 말에는 반전의 묘미가 있다고, 그 말들을 정리해서 "우리 동네 현식이 형"이란 책을 내면 좋겠다고. 애초에는 집필까지 윤호 형이 하기로 했는데, 나중에 글은 제가 옮기는 것으로 얘기가 되었던 것이지요. 그러니 전윤호 형의 아이디어가 없었다면 이 책이 나올 수는 없었을 겁니다. 윤호 형에게 고마움을 전하는 까닭입니다.

2021년
박제영 두손

차례

2부. 그 남자가 사는 법

3부. 술은 이자가 비싸다

4부. 춘천 사는 간서치

우리 동네
현식이
형

1부
개나 소나
다 안다는 현식이 형

개나 소나
다 안다는 데야
참말로

춘천에서 현식이 형을 모르면 간첩이다. 개나 소나 다 안다고 떠든다. 엊그제 일만 해도 그렇다. 옥광산찜질방에서 아줌마 서넛이 계란을 까먹으며 현식이 형을 도마 위에 올려놓은 거다.

"현식이? 알다 마다 걔 요즘도 도박한다던데."
"엊그제는 이천인가 삼천 날렸다지?"
"말하면 뭐해. 맨날 룸살롱 가서 양주 먹고 계집질하고 뻔하잖여."

가만히 듣고 있던 현식이 형이 아줌마들에게 다가갔다.
"언니들 얘기 참 걸지게 하네. 근데 현식이를 정말 잘 알아요?"

"그럼 잘 알죠. 현식이를 모르시는 거 보니까 춘천 사람 아니신가 보네?"

"그래요? 거 이상하네. 내가 바로 그 김현식인데. 여기 옥광산도 찜질방도 내가 주인인데. 진짜 나 알아요? 거참, 다 좋은데 소맥밖에 못 마시는 내게 양주나 안 멕이면 좋겠네."

그 아줌마들 달걀 까먹다가 그야말로 새됐다.

사족. 춘천에서 개나 소도 다 안다는 현식이 형. 정작 형이 1982년 『소설문학』으로 등단한 소설가이고, 오랫동안 가난한 예술가들을 음으로 양으로 지원해왔고, 문화사업을 지원해왔다는 사실은 개나 소도 모른다.

무통증,
결핍과 추문과 상실의
인과 관계

현식이 형은 통증을 거의 느끼지 못한다. 형수님 말로는 맹장이 터졌을 때도 단순히 체한 줄 알았다가 응급실에 실려 가야 했고, 애 낳는 고통 못지않다는 대상포진도 요로결석도 그저 감기처럼 지나갔단다.

"내가 아버지 없이 자랐잖아."
결핍을 아무렇지 않게 얘기하고,

"우리 엄마가 소싯적에 젊은 놈들 꽤나 품었잖아."
추문을 대수롭지 않게 얘기하는 것도 형의 무통증과 무관하지 않을 것이다.

그런 줄만 알았다. 형은 어떤 통증에도 무딘 줄만 알았다.
아니었다.

스물아홉 살 청청한 나이에 교통사고로 죽은 아들 영주는 형의 가슴
깊숙이 박힌 가시였다. 그 가시가 찌를 때면 제아무리 통증에 무딘 형
도 움찔하곤 했다.

낯빛이 바뀌었다.

카페
남신의주유동박시봉방

어느 사이에 아내도 없고, 아내와 같이 살던 집도 없어지고, 고향과도 멀리 떨어져서 그 어느 바람 세인 쓸쓸한 거리 끝에 헤매이던 현식이 형이 마포구 공덕동 한겨레 사옥 근처 골목에 세들어 살던 때의 이야기다.

날도 저물고 막다른 골목이라 돌아나갈 곳 없던 형은 골목의 지하 허름한 창고를 세내어 카페를 차린 것인데, 그 카페의 이름이 바로 <남신의주유동박시봉방>이었던 것.

습내 나는 춥고 누긋한 지하 카페에서 형은 슬픔이며 어리석음이며를 소처럼 연하여 쌔김질했을지도 모르겠으나 카페를 찾은 손님들은 안주도 없이 술을 마시거나 안주가 필요하면 자기들이 알아서 치킨집에 전화를 걸어 배달을 시켜야 했으니, 한 번 왔다가는 다시는 오지 않았을 것이었다.

두 달 만에 접어야 했던 카페 <남신의주유동박시봉방>.
비가 오거나 눈이 오거나 그때가 떠오르면 막걸릿집에 가자는, 막걸릿집에서 막걸리 한 잔 들어가면 그때를 떠올리는, 형의 슬픔이며 한탄이며를 내 어찌 가늠하겠는가 싶기고 한 것이었다.

사는 데
상수도도 필요하고
하수도도 필요한 것처럼

현식이 형은 마초(macho) 중의 마초다. 타고난 성
정일 수도 있겠지만 옥수저로 태어나 금지옥엽
으로 살아온 탓도 있을 게다. 문제는 형의 거침없
는 비속어다. 하루는 형의 젊은 시절 얘기 한 토
막을 들려주는데, 가감 없이 인용하면 이렇다.

"아줌마가 운전하던 차랑 시비가 붙었는데, 글쎄 이 아줌마가 이 새끼 저 새끼 쌍욕을 하고 그러잖아. 나도 받아쳤지. 나와보라고. 땡땡(차마 글로는 옮길 수 없어서)을 찢어버리겠다고. 그래 지금은 없어진 공지천 서부파출소까지 가서 조서를 쓰는데 경찰이 아줌마한테 묻는 거야. 이 청년이 뭐라 했냐고. 말을 못 하더라고. 내가 대신 답해줬지. 땡땡을 찢어버리겠다 그 한마디 했다고. 경찰이 그러는 거야. 그렇게 심한 말을 하면 어떡하냐고. 그래서 내 물었지. 아니 그럼 그 상황에서 여성 생식기를 메스로 절개하겠다 이렇게 얘기해야 하는 거냐고 말이야."

참 형답다 싶은 것이데, 나중에 곰곰 생각하니 비속어가 꼭 거시기한 것만은 아니겠다, 사람 사는 데 상수도도 필요하지만 하수도도 필요한 것처럼, 뭐 그런 생각도 들더라는 거시기한 얘기 되겠다.

위험한
상견례

경상도 아버지를 둔 딸과 전라도 아버지를 둔
아들이 사랑에 빠졌다. 두 사람은 과연 무사히
양가 상견례를 마치고 결혼에 골인할 수 있을
까? <위험한 상견례>라는 로맨스 코미디 영화
의 기본 줄거리다. 로코니까 당연히 해피 엔딩이
다. 과연 사랑에는 국경이 없었다.

스물아홉 살 처녀와 마흔 아홉 살 이혼남이 사랑에 빠졌다. 처녀는 엄마에게 이십 년 연상이라는 말을 차마 못 하고 띠동갑이라고 얼버무렸다는데, 두 사람은 어땠을까? 눈치 챘겠지만 이건 현식이 형 얘기다.

형과 형수는 딸 자연이를 낳고 십육 년 동안 잘 살고 있다. 과연 사랑에는 나이도 없었다. 그래서 물었다.

"형, 상견례는 어땠어요?"
"처음 만났을 때는 다 같이 노래방 가서 노래하고 춤추고 놀았지. 두 번째 만났을 때는 고스톱을 쳤어. 그러고는 결혼했지."

믿기지 않겠지만 사실이다.

사족. 형이 말하길, 노래도 노름도 사람 알기에 가장 빠른 길이란다.

아재 개그가 웃겨서
슬픈 김 부장

현식이 형과 형수는 열다섯 살, 중학교 2학년인 딸 자연이를 김 부장이라고 부른다. 눈치 챘겠지만 자연이가 워낙에 어른스러워 붙인 호칭이다. 형의 표현을 빌리자면 어른 쌈 싸먹는다고나 할까. 그런 김 부장을 슬프게 하는 게 있으니 형과 형수의 아재 개그다. 가령 이런 거다.

형　코로나 슈퍼 전파자가 또 나타났다는데?
형수　슈퍼 주니어 아니고?
형　수퍼 어른이겠지.

이 썰렁 황당한 엄마 아빠의 아재 개그에 자기가 따라 웃고 있다는, 그 사실이 슬프고 참담하다는 거다.

언젠가 형의 생일날 고깃집 멍텅구리에 모였을 때다. 형수가 복분자 술을 따라주자 자연이가 거침없이 석 잔을 마시는 거다. 그러고는 조개탕을 한 입 넣으면서 하는 말, "크아, 시원하다." 과연 김 부장이었다.

내가 자연이의 미래를 궁금해하는 이유다.

사족. 자연이가 하는 말, 언제부턴가 자기도 아재 개그를 하고 있더란다. 친구 사이에서 자연이 별명이 꼰대란다.

씹새와
시방새

현식이 형과 형수는 서로를 결코 '여보 당신'이라 부르지 않는다. 물론 서로를 부르는 호칭이 있긴 하다. 형이 "시방새!" 하면 형수는 "왜 씹새야!" 한다. 때와 장소를 불문하고(?) 형과 형수 두 사람은 서로를 '씹새 혹은 시방새'로 부른다. 믿기 어렵겠지만 사실이다.

형과 형수 그리고 규식이 형과 나 이렇게 넷이 골프를 칠 때 일이다. 몇 개 홀을 지나면서 형수의 드라이버 비거리가 작년보다 확실히 늘었다고 생각하던 참이었는데, 그때 형이 형수한테 그러는 거였다.

"시방새, 너 남자지. 남자 거시기 달렸지? 치마 벗어봐!"

이게 뭔 시츄에이션인가 싶던 찰나 형수가 되받아치는 거였다.

"씹새, 맨날 보고도 모르냐 보여줘? 보여줄까?"

규식이 형과 나는 그저 경악할 따름이었다.

씹새와 시방새. 길들일 수도 없고 길들여지지도 않는 그런 야생의 새처럼 자유롭게 사는 부부도 있다.

물론 심장이 약한 부부라면 절대 따라하지는 말 것!

김유정의 혈액형은
AB형일 가능성이 높다

현식이 형과 김유정은 같은 청풍 김씨다. 현식이 형은 식植 자 돌림을 쓰는 청풍(淸風) 김씨 청로 상장군공파 23세 손이고 유정은 유裕 자 돌림을 쓰는 24세 손이다. 그러니까 현식이 형이 항렬상 유정의 삼촌뻘이다.

유전 인자를 공유한 까닭이겠지만 유정이 폐결핵으로 죽었고 현식이 형도 어릴 때 결핵성신장염을 앓았다. 유정이 타고난 글쟁이라지만 현식이 형도 둘째가라면 서러울 글쟁이다.

이런 여러 정황으로 볼 때 유정의 혈액형이 자기와 같은 AB형일 가능
성이 높다고 형은 확신한다. 물론 확인된 바는 없다.

사족. 형이 말하길, "유정이 나와 다른 건 여자 보는 눈이야. 암, 그건 달라
도 많이 달라!"

이기적인
유전자

열다섯 살 자연이를 볼 때마다 나는 리처드 도
킨스의 『이기적 유전자』를 떠올리곤 한다. 유전
자의 자기복제가 아니라면 현식이 형과 자연이
두 사람이 어찌 저리 똑같을까 싶은 거다. 가령
이런 얘기는 열다섯 살짜리의 입에서 나올 수
있는 말이 아니잖은가!

"선물이란 게 알고 보면 그저 예쁜 쓰레기일 뿐이야."

생일 선물로 뭐 해줄까 했을 때 자연이 입에서 나온 말이다.

이런 일도 있다.

"부모님이 뭐 하시는 분들인데 자연이가 이렇게 글을 잘 쓸까?"

자연이가 쓴 에세이를 보고 학교 선생님이 잘 썼다 칭찬하며 지나가는 말로 물은 건데, 자연이는 이렇게 대답했다고 한다.

"아빠는 책 한 권 쓰셨고, 엄마는 팔리지도 않는 책을 만들고 있어요."

유전자는 힘이 세다.

식객 삼백은
어디로 갔나

현식이 형이 하늘 높은 줄 모른다고 사람들은
말하지만, 천애 절벽 아래로 추락하였다가 바
닥을 딛고 올라 마침내 지금에 이른 것임은 미
처 모른다(무릇 지경을 뛰어넘어야 경지에 오
르는 법이다).

하늘 높은 줄 모르던 형이, 끝 모를 바닥까지 내려갔다 올라온 형이, 요즘 하늘이 무겁다며 자꾸만 고개를 숙인다.

"맹상군이 식객 삼천을 두었으니 식객 삼백은 거둬야지."

형은 늘 그리 말했다. 형이 광산에서 번 돈을 사람에게 투자한 까닭이다.

식객 삼백은 형의 오래된 꿈, 그 꿈을 더 이상 꿀 수 없을지도 모른다는 것이 형을 고개 숙이게 만든 거다. 결국 사람 때문이다.

이보다 더 깊은 바닥도 딛고 오른 형을 기억한다.
그러니 다시 하늘 높은 줄 모르는 곳까지 날아오르기를!
형의 오래된 꿈이 오래전 꿈이 되지 않기를!

카르페 디엠

현식이 형이 아파트를 형수 명의로 하려고 하니까 어머니께서 말렸다.
"그러면 안 된다. 마누라는 헤어지면 남이다. 헤어지면 남보다 못한 게 부부다."

그래서 형은 어머니 말씀을 따랐을까?
당연히, 형은 무시했다.

형이 늘 하는 얘기가 있다.
"세상에 헤어지려고 결혼하는 사람은 없다. 살려고 결혼하는 거다. 부부는 헤어지면 남이 아니라 혈육보다 가까운 남이다. 사람은 미래를 사는 게 아니라 현재를 사는 거다."

형이 자신의 부동산을 기꺼이 형수 명의로 한 까닭이다.

형은 내게 말한다.
"카르페 디엠! 지금에 충실해라! 지금을 즐겨라!"

캡틴, 오 마이 캡틴!

사족. 형은 이런 말도 자주 한다. "부부는 무촌이라는 말이 뭐냐? 그러니까 나라는 얘기잖아."

짜장면을 얻어먹고
한우를 사줘라

식사 자리에서 현식이 형의 계산법은 쫌 독특하다. 형은 늘 이렇게 말하곤 한다.

"짜장면을 얻어먹고, 한우를 사줘라."

그게 실은 일찍이 어머니한테 배운 거라는데, 형이 소싯적에 어머니 밑에서 일을 배울 때 어머니가 늘 그러셨단다.

"사업가는 밥 한 끼 살 때도 요령이 필요한 법이다. 소주를 열 번 얻어먹고 양주를 한번 크게 쏘는 거, 그게 제대로 된 접대다. 상대가 술을 사고 나도 사는 것이니 상대는 접대라 여기지 않을뿐더러 나를 통 큰 사람이라 여기게 되는 법이다. 되로 받고 말로 주는 거, 그게 진짜 사업이다."

사족. 사적인 자리에서 누가 대신 식사 값을 계산하는 걸 형은 무척 싫어한다. 만약에 당신이 대신 식사 값을 계산했는데도 불구하고 형이 싫은 내색을 안 한다면 그건 형이 당신을 좋아한다는 뜻이다.

2부
그 남자가 사는 법

그 남자가
사는 법

현식이 형이 고등학교 때 일이다. 속칭 일진인 선
배가 서울서 전학 온 현식이 형에게 군기를 잡을
요량으로 수업 끝나고 옥상에서 보자고 했단다.
그래서요? 궁금해서 물었는데,
"그래서는 뭐 교무실에 가서 선생님한테 일렀
지."

역시 형이 고등학교 때 일이다. 명동 한복판에서
양아치들과 시비가 붙었는데, 형이 양아치들을
따라오라고 했단다. 그래서요? 궁금해서 물었
는데,
"그래서는 뭐 파출소 앞까지 와서는 순경들한
테 일렀지."

몇 해 전 형하고 라이브 카페에서 술을 마실 때 일이다. 건너편 테이블에 젊은 부부와 초등학생으로 보이는 아이 둘이 앉아 있었다. 형이 사장을 불렀다.

"이런 데 미성년자 출입하면 안 되잖아요. 빨리 내보내세요. 안 그러면 신고합니다."

형이 몇 번 더 얘기했지만, 사장은 알겠다 대답만 할 뿐 조치를 취하지 않았다.

그래서 어떻게 됐냐고?

형의 신고로 경찰들이 출동하고 미성년자 출입에 따른 영업정지 처분을 받은 건 물론이다.

우리 동네 현식이 형, 그 남자가 사는 法이다. 형이 늘 하는 얘기가 있다.

"미국은 경찰에게 늦게 손을 들어도 공무집행 방해죄가 성립된다는 거 알아? 법은 엄정한 것이 좋아."

꼬리 날개

동서고금
새의 비행 원리를 연구해온 사람들은
왼쪽 날개와 오른쪽 날개의 역할에 대한 서로
다른 의견으로
지금껏 다툼을 멈추고 있지 않지만
꼬리 날개가 퇴화된 새는 더 이상 날지 못하게
된다는
아주 단순한 사실에 대해서는 침묵으로 일관하
고 있다며
꼬리는 날개 대접도 못 받아 단지 깃털이라 불릴
뿐이라며
현식이 형이 죽비처럼 한마디 툭 던진다.

봐라, 나는 좌익(左翼)도 우익(右翼)도 아니다.
미익(尾翼)이 되련다.
꼬리 날개가 되련다.

尾翼이 美翼이겠다.

깡패론

현식이 형이 춘천고등학교 주먹패 바이킹 멤버였다는 건 공공연한 비밀이다.

형 혼자서 강남의 모 나이트클럽에서 조폭 스무 명을 깼다는 전설이나 한때 깡패 오야붕이었다는 소문의 진위는 알 수도 없고 알 바도 아니지만, 확실한 건 있다. 형이 그쪽 계보와 용어는 물론 시시콜콜한 것까지 훤히 꿰차고 있다는 거. 고래(古來)의 깡패에 대해 무엇을 물어봐도 모르는 게 거의 없다는 거. 게다가 형의 배에는 연잎 사이로 커다란 잉어 한 마리가 여보란 듯 입을 쩍 벌리고 있다는 거.

오늘도 어찌하다 깡패 얘기가 나와서 내가 물었다.

"형, 옛날에는 그래도 건달이라고 해서 낭만이 있었잖아요?"

"건달은 개뿔이나! 돈 떨어지면 다 양아치야. 세상에 낭만적인 깡패는
없어."

"근데 그 사람들 형한테 하는 거 보면 다들 순해 보이던데요?"

"당연히 나한테는 착하지."

"다른 사람들한테는 안 그래요?"

"그놈 참, 다른 놈들한테 다 착하면 그게 깡패냐?"

말이야
막걸리야

현대시학 창간 50주년 기념으로 김용문 선생의
막사발 전시회를 옥광산 갱내 체험 동굴에서
열기로 했을 때다. 김용문 선생께서 고맙다며
귀한 막사발 작품 몇 점을 선물로 보내오셨다.
그날 저녁 현식이 형이 막걸리 한잔하자 해서 옥
광산 양고깃집 신서란에 모인 건데, 형이 따라
준 막걸릿잔을 받고 보니 아뿔싸 김용문 선생께
서 보내온 그 막사발 아닌가.

"형, 이 귀한 작품에다가 막걸리를 마셔도 되는 거예요?"
무심코 던진 한마디에 형이 대꾸하길,
"야 그게 말이야 막걸리야. 막사발이란 게 뭐든지 막 담아 먹으라고 만든 거지, 장식장에 올려놓고 눈요기하라고 만든 게 아니잖아. 이놈아!"
역시나 본전도 못 건지고 꼬리를 내린 거다.

그러고 보면 형이 화장실에 앤디 워홀을 비롯한 유명 작품들을 아무렇지 않게 걸어놓은 것도 같은 맥락이겠다. 형이 늘 하는 말이 있지 않은가.

"미술관에 가서 작품을 봐야 한다는 법이 어딨어? 화장실이든 부엌이든 찜질방이든 발길 닿은 곳에 눈길 닿게 하면 되지. 미술관이 별 거냐?"

당신 생각은 어떠신지? 말이냐 막걸리냐고?

막말하면
막 놈 된다

현식이 형이 자주 하는 말 중에 "막말하면 막 놈 되고 난 말 하면 난 놈 된다"는 말이 있고, 형이 꼽는 막말 줄에 "막장"이라는 말이 있다.

막장이 왜 막말인지 처음에는 이해하지 못했다. 본디 막장은 갱도의 막다른 곳을 일컫는 말이다. 탄을 캐든 옥을 캐든 광부의 일이란 게 지하 수백 미터 아래 갱도의 막다른 곳에서 목숨을 걸고 하는 일이다.

사북 탄광을 폭풍의 무덤이라 했던 안현미 시인은 막장의 캄캄한 어둠 속에서 고생대의 검은 석탄을 캐던 아버지의 두려움을 시로 토해내기도 했다. 그러니까 애초에 막장은 막말은 아니었다.

나중에 알았다. 풍물시장 횟집에서 막회에 막걸리 한잔 걸치던 날이었는데, 형이 그러는 거다.

"사람들이 막장 드라마, 막장 인생 하면서 막장을 함부로 써대니까 막장이 막말 된 거 아니겠냐. 지금 우리 직원들은 막장 대신 채벽이라는 용어를 써. 그러니까 너도 막장 막장 하지 마라."

옥광산 막장에서 수십 년 동안 광부들과 형이 동고동락해온 것을 깜박했던 거였다.

"근데 막회는 막장 찍어 먹어야 제 맛 아닌가? 이모, 여기 막장 좀 주소."

덕분이란 말,
공생에 대한 반성

강원도 거주 베트남 사람들을 위해 현식이 형이
주최한 <한국-베트남 한마음 운동회> 때였다.
베트남 축구가 한 단계 넘어서려면 체격과 체력
이 더 향상되어야 한다며, 현식이 형이 뜬금없이
고종과 안창호 얘기를 꺼냈다.

"고종 때 우리나라 최초의 근대 학교를 세웠는데 그 목표가 덕체지(德體知)였어. 도산 안창호 선생이 내세운 것도 덕체지였고. 근데 지금은 지덕체라고 하잖아. 그래서 틀려먹은 거야. 순위가 잘못되었지. 사회가 제대로 되려면 덕체지라야 맞는 거야. 게다가 지금은 지(知)도 아니야. 기(技)를 가르치는 거지."

그때 속으로 이런 생각을 했더랬다.
말인즉슨 맞는 말인데, 형이 체(體)와 지(知)는 뛰어난 건 알겠는데, 형입으로 덕(德) 얘기를 한다는 건 좀 낯간지럽지 않나? 형이 덕하고는 좀 멀지 않나?
나중에 곰곰 생각해보니 그게 아니었다.
형의 사업장에서 일하는 직원이 삼백 명 가량 되잖은가.
그 식솔까지 계산하면 천 명 가까운 사람들에게 덕을 나눠주고 있지 않은가.

아, 그게 아니다. 먹고사는 일이 본래 서로에게 조금씩 자신의 덕을 나누는 일이겠다.

실업가와
허업가

좌익도 우익도 아닌 미익(尾翼)으로 불러달라
는 현식이 형은 고려대학교 정치외교학과 73학
번이다.

개판 오 분 전 같은 정치판을 볼 때마다 형이 가
업을 물려받지 않고 정치를 했으면 어땠을까 싶
을 때가 있다.

조국 문제로 시끄럽던 어느 날 북산집에서 경춘
선을 주거니 받거니 하며 날궂이할 때였던가, 그
때 형이 했던 말을 기억한다.

"정치는 허업이라는 JP의 말을 사람들이 인용하면서 정치 허무주의로 해석을 한 거야. 그러자 JP가 다시 이런 얘기를 했어. '기업가가 노력한 만큼 열매를 취하는 게 실업인데, 정치인은 열매를 국민에게 나눠주기 위해 노력하는 거다. 그런 뜻에서 허업이라 한 거다. 정치인이 열매를 따먹겠다고 하면 교도소밖에 갈 곳이 없다.'고 말이야. 지금 여의도를 봐. 허업가는 없고 정치꾼들만 바글바글하잖아."

형은 지금 실업가로 살고 있지만, 정치를 했으면 진짜 허업가로 한 이름 떨쳤을 텐데, 그런 생각할 때가 종종 있다.

범죄를 덮으려고
더 큰 죄악을
저지르면 되겠나

박원순 시장이 실종된 지 7시간 만에 시신으로 발견됨으로써 그의 성추행 의혹은 공소권 없음으로 종결되었다.

이를 두고 세간의 말들이 무성하던 날, 현식이 형과 막걸리를 마시며 세간의 말들을 안주 삼아 주거니 받거니 하던 중이었는데, 형이 뜬금없이 그러는 거였다.

"아이가 빵 하나를 훔치면 범죄가 되는 거고, 며느리가 시어머니를 쫓아낸다고 범죄가 성립되는 건 아니지만 죄악인 거야."

박원순 시장의 죽음과 뭔 상관인가 싶어 머뭇거리는데 형이 그러는 거였다.

"박원순 시장이 죽음으로써 범죄 의혹이 덮였지만, 피해 당사자에게는 오히려 더 큰 죄악을 저지른 거다 이 말이야."

그럴 수도 있겠다 싶었다. 가끔 형의 말이 뒤통수를 때릴 때가 있다.

돈은
거짓말
안해

빌려줄 때는 서서 주고 돌려받을 때는 엎드려
받는다는 돈, 그 돈 이야기다.

언젠가 빌려준 돈 떼먹혔을 때 어머니가 말씀하
셨다.

"사정이 오죽했으면 그랬을까. 사람이 거짓말하는 게 아니라 돈이 거짓말하는 것이니, 사람 탓 말고 돈을 탓하거라."

이 얘기를 했더니, 현식이 형 정색을 하면서 그러는 거다.
"돈에 입이 달렸다냐 사람한테 입이 달렸지. 입은 비뚤어졌어도 말은 바로 해야지. 돈이 아니라 사람이 거짓말하는 거다. 사람을 탓해야지 돈을 왜 탓하냐. 돈은 정직해. 싼 게 비지떡이란 말, 그냥 생긴 게 아니야."

그것 참,
어머니 말씀에 기울자니 형의 말에 기울고
형의 말에 기울자니 어머니 말씀에 기우는 거다.

알다가도 모르는 게 사람이고 돈이더라.

갑론을박,
상생의 이치

내 얘기 했어?

툭하면 갑질 논란이고 툭하면 을질 논란이다.
그때마다 현식이 형이 하는 말이 있다.

"갑이 갑질하고 을이 을질하는 건 옳은 거다. 갑
이 갑질을 못 하고 을이 을질을 못 하는 게 틀린
거다."

한동안 이게 무슨 귀신 씨나락 까먹는 소린가 싶었다. 곰곰 생각하니 알겠다.

형은 귀신 씨나락 까먹는 소리를 가끔 하는데, 오래 천천히 씹다보면 알게 된다. 거기에는 신의 한 수가 숨어 있다는 것을.

갑이 갑의 자리에서 논하면 을이 을의 자리에서 반박하며 질서와 조화를 이루는 거, 형이 말하고 싶었던 건 그거였다.

갑론을박이라는 상생의 이치를 말한 거였다.

사족. 현식 옹께서 한 말씀 덧붙이길, 갑이 갑질 못 하는 게 '꼴갑'이니 꼴값하지 말고, 을이 을질 못 하니 '을씨년'스럽다나 어쩐다나, 그것 참!

인생이라는 싸움에
심판은 없다

프로 복싱에 TKO(Technical knockout)가 있
다면 아마추어 복싱에는 RSC(Referee Stop
Contest)가 있다. 말은 달라도 내용은 동일하다.
심판이 자신의 판단에 따라 경기의 승패를 결정
지은 것이다. 선수가 시합 도중 심각한 부상을
입을 수 있으니 미연에 방지하자는 차원에서 만
들어진 룰이겠다.

무슨 말을 하려고 구구절절 떠드는가 싶겠다. 뻔하지 않은가 현식이 형의 말을 전하려는 거다.

"인생에는 심판이 없다."
아니 정확히는
"인생이라는 싸움은 멈춰줄 심판이 없다."
형이 자주 들려주는 말 중의 하나다.

형의 말대로라면 "스포츠는 삶의 축소판"이라는 말은 틀렸다.
"스포츠는 픽션이고 이미테이션일 뿐"이라는 형의 말이 맞겠다.

삶은 오히려 전장이고 전투에 가깝다.
"전투에 무슨 심판이 있나? 그러니 스스로 이겨내야 한다."

사족. 형에게 이 글을 보여주었더니 덧붙이길, "삶은 승자와 패자를 가르는 종목일까, 기록을 세우고 깨려는 경기일까?" 당신 생각은 어떠신지?

중독자가 아니라
저축가다

낼모레면 칠십 아니냐고 나이를 갖고 현식이 형을 가끔 놀릴 때가 있는데, 고백하자면 형의 젊음이 부러운 까닭이다.

낼모레면 칠십인 형의 몸이 12년 후배인 내 몸보다, 이제 겨우 오십 중반인 내 몸보다 훨씬 젊고 건강한 것이 부러운 까닭이다.

형이 툭하면 웃통을 벗어 보이는 것도 그만큼 자기 몸에 자신이 있기 때문일 거다(이제 남들 앞에서 웃통 좀 그만 벗었으면 좋겠는데 럭비공 같은 형을 누가 말릴까 싶다).

나이를 거스르는 형의 몸과 체력은 어디서 온 걸까. 혹시 남모르는 비결이라도 있는가 싶어 물었더니,

"비결은 무슨 비결, 운동하면 된다. 돈은 빌려도 건강은 빌릴 수 없다. 운동만큼 정직한 예금은 없는 법, 운동해라."

비가 오나 눈이 오나, 언제든 어디서든, 형은 하루 두 시간 수십 년을 한결같이 운동에 투자를 하고 있다. 그런 형을 누군가는 운동 중독자라고 하지만 아니다 형은 운동 저축가다.

팔짱 좀 끼지마
다리 좀 꼬지마

현식이 형을 처음 만났을 때 심기가 불편하다면 당신은 아래에 열거한 사례 중 하나 이상의 습관을 가졌을 것이다.

팔짱 끼기, 다리 꼬기, 뒷짐 지기.

의사가 말하는 우리 몸을 망치는 대표적인 잘못된 습관들이고, 사회학자가 말하는 상대방을 하대할 때 보이는 대표적인 몸짓이기도 하다. 문제는 좀처럼 고치기 쉽지 않다는 거, 더 큰 문제는 이런 습관을 형은 도무지 두고 보질 못 한다는 거다. 형하고 있을 때 누군가 팔짱을 끼면 (상대가 누구든) 까칠한 지적질이 바로 튀어 나온다.

"팔짱 좀 빼시죠."

초면인 사람이라면 당황할 밖에, 겉으로는 태연한 척하겠지만 속으로는 '뭐 저런 인간이 있나' 심사가 뒤틀리기 마련이다(처음에 나도 그랬으니까).

"형, 그냥 습관일 뿐이잖아요. 형을 무시하는 게 아니고."
아무리 말을 해도 형에게는 소용이 없다.

"스승님 앞에서도 팔짱을 끼고 다리를 꼬고 뒷짐을 지겠냐. 상대방을 조금이라도 알로 보는 마음이 있으니까 팔짱을 끼는 거다."

스무 살 넘으면 자기 생각과 성격은 절대 못 고친다. 그러니 형의 팔짱 트라우마를 누가 말릴 것인가. 그래서 그냥 냅두기로 했다.

사족. 내 생각에 대한민국 최고의 팔짱 끼기 고수는 우병우, 뒷짐 지기 고수는 윤석열이다. 대통령은커녕 국민들 앞에서도 팔짱을 끼고 뒷짐을 지더라.

3부
술은 이자가 비싸다

만병통치약

"날도 구질구질한데 날궂이해야지. 옹달샘 가서 막걸리 한잔하자."
"형, 나 감기 걸려서 술 먹으면 죽을 거 같아."
"감기 안 걸리고 술 안 먹으면 안 죽나? 그럼 선택해. 감기로 죽을래, 맞고 죽을래, 술 먹고 죽을래?"
"먹다 죽은 귀신이 때깔도 좋다는데, 가시죠."

울며 겨자 먹기는 이럴 때 쓰는 말이다.

"오늘은 경춘선 타자."
"지금 서울 가게요?"
"서울생막걸리랑 춘천생막걸리랑 섞어먹자고. 너 아는 게 도대체 뭐니?"
"이모, 여기 서울하고 춘천 둘 다 주세요."

그렇게 경춘선 타고 알딸딸해질 무렵,

"너 세상에 진짜 만병통치약이 있는데 뭔지 아냐?"
"……"
"너한테 답을 기대한 내가 바보지 그치? 만약이란 거야."
"마약 아니구요?"
"너 맞을래?"
"사람들은 만약이라는 기대와 희망으로 사는 거야."

그렇게 오늘의 날궂이도 저물고 있었다. 만약에 형을 안 만났으면 나는
오늘 누구랑 어떤 기차를 타고 있을까.

가을 전어와
집 나간 며느리에 대한
오해와 진실

가을 어느 날의 일이다.

"전어가 제철인데 전어 먹으러 가자. 강대앞 바다마을에 전어 있는지 알아봐라."

전어 회와 구이가 한 상 가득 차려졌다.

"가을 전어 굽는 냄새에 집 나간 며느리 돌아온다는 말 있잖아요."

"응."

"실제로 그런 며느리 본 적 있나요?"

"집 나간 며느리가 전어 먹겠다고 돌아오면 받아줄 시어미가 세상천지 어디 있겠냐. 못 살겠다고 나가서 전어 먹겠다고 돌아올 며느리는 또 어디 있고? 그게 다 생구라야."

옛말 그른 데 없다는데, 한 방에 구라됐다.

사족. 훗날 현식 옹은 집 나간 며느리 돌아올까 봐 전어는 회로 먹기로 했다나 어쨌다나.

경춘선을 타면
추억역과 미래역 사이 어디쯤
취매역이 나온다

서울생막걸리와 춘천생막걸리를 한 주전자에 담아 마시는 걸 현식이 형은 경춘선을 탄다고 한다. 형이랑 경춘선을 타는 날이면 경춘선 노선에 또 하나의 역이 생긴다.

이름하여 취매라는 간이역이다. 이 또한 형이 붙인 이름이다. 치매가 아니라 취매(醉呆)다.

취매역이 어딘지는 사람마다 다르고 그날의 컨디션에 따라 다르지만, 나는 대체로 대성리역을 지날 때쯤이면 취매역에 도착한다.

경춘선을 타고 종착역까지 가는 일은 나로서는 거의 불가능에 가까운 일이다. 당신의 취매역은 어디인가.

사는 일이 구질구질하거든, 춘천 풍물시장에 오시라. 오셔서 경춘선 타고 날궂이 한판 하시라. 취매역에 내려서 온갖 시름일랑 잠시 내려두는 것도 좋겠다.

사족. 형이 말하길, 취매역까지 가는 게 두렵거든 탑승하지 말란다. 승차 거부를 당할 수도 있으니 아예 표를 끊지 말란다.

견월망지(見月忘指)

멍텅구리에서 소주 한잔 마시다 요즘 애들 얘기 끝에 현식이 형이 한마디 했다.

"요즘 애들이 뭐가 문제냐, 요즘 선생들이 잘못 가리키는 게 문제지."

옳다구나, 이때다 싶어,

"형, 그때는 '가리키다'로 쓰는 게 아니라 '가르치 다'로 써야 하는 건데요."

모처럼 형의 급소를 치고 들어간 건데, 형이 또 한마디 했다.

"그놈 참 모자란 놈이네. 달을 가리키지 못하는 게 문제라는 거 아니냐. 어디를 가리켜야 하는지 모르는 거, 그게 지금 선생들의 문제란 거야."

난 또 한방 먹었다.

소위 스승이라는 작자들, 원로라는 작자들의 손가락을 보란다. 방향을 잃은 그 손가락들이 어디를 가리키고 있는지.

그랬다. 똥인지 된장인지 찍어봐도 모르는, 그 손가락들이 문제였다.

샤덴프로이데

"형 부자 맞지?"

"응."

"사돈이 땅을 사면 배가 아프다는 속담 있잖아요?"

"응."

"형처럼 부자도 누가 땅을 사면 배가 아파요?"

"아니, 나 무통증이잖아."

"@$#%#&$&???"

"너 반대로, 남의 불행이 곧 나의 행복이란 말은 아냐?"

"알죠."

"그걸 독일에선 한 단어로 써."

"뭔데요?"

"샤덴프로이데. 에스 씨 에이치 에이 디 이 엔 에프 알 이 유 디 이."

"처음 듣는 말인데요?"

"공부해서 남 주냐. 공부 좀 해. 욕심은 버리고 살고, 자존감은 세우고 살라는 말이다. 이놈아! 됐고, 대복식당 가서 갈빗살이나 묵자."

현식이 형이 꼭 달마 같을 때가 있다.

선승 냄새가 날 때가 있다.

갈 사람 가야지
잊을 건 잊어야지

"참새가 방앗간을 그냥 지나칠 수는 없지. 시월
의 마지막 밤인데 술 마시자."

요선동 옛날 통닭집에 모인 까닭인데, 그렇다고
현식이 형에게 술과 참새와 시월의 마지막 밤의
상관관계를 묻지 마시라. 술꾼에게 술을 왜 마
시냐 물으면 수천수만 가지 이유를 댈 테지만,
사실은 그냥 마시는 거다.

시월의 마지막 밤 우리는 그냥 그렇게 술을 마
셨고, 스피커에서는 이용의 잊혀진 계절이 흘러
나왔는데, 일행 중 한 사람이 건배를 제의했다.

"연인에게 버림받은 것보다 잊혀진 것이 더 가엾고 슬픈 일이지요. 자, 잊혀진 계절을 위하여 건배!"

다들 맞아 맞아 맞장구치며 술잔을 비운 것인데, 형이 한마디 하는 거 였다.

"모르는 소리 하지 마라. 헤어졌으면 잊고 잊혀져야 사람이 사는 거다. 호환마마보다 무서운 게 뭔지 아나? 헤어진 사람에게 잊히지 않는 것 이야."

술은
이자가
비싸다

박일환 선생의 『국어사전에서 캐낸 술 이야기』
는 주당들이 읽기에 딱 좋은 책이다. 이 책을 읽
게 되면 어떤 술자리에서도 술에 관한 다양한
설을 풀 수 있을 테니, 애주가에게는 그야말로
맞춤형 책이라 하겠다. 그런데 이 책에도 없는
술에 관한 이야기가 하나 있다. 물론 현식이 형
얘기다.

어느 날 형에게 물었다.

"술을 왜 마실까요?"
"즐겁잖아."

"이제 술을 그만 마실까 봐요."

"왜?"

"마실 땐 즐겁긴 한데 다음 날 숙취가 싫거든요."

"하긴 그래. 술이란 게 내일의 즐거움을 오늘 빌려 쓰는 거야. 대신 갚아야 할 이자가 좀 비싸지. 그거 알면 술은 조심하는 게 좋다."

"그럼 형, 우리 이제 술 끊을까요?"

"싫어. 그냥 술이나 마시러 가자."

그때부터 내일의 즐거움을 오늘 빌려 쓰는 거라는 형의 말을 종종 인용한다. 미래의 것을 지금 빌려 쓰는 게 어디 술뿐이겠는가. 끊어야 할 게 어디 술뿐이겠는가.

헷갈릴 순 있어도
미치진 말자

'현식이 형이 대학 다닐 때 사람들이 피카다리와 단성사를 헷갈려 했다'는 얘기가 어쩌다가 오탁번 선생의 「어휘에 관한 명상」이란 시까지 간 것인데, 가로 세로가 헷갈리고 밀물 썰물이 헷갈리고 pull과 push가 헷갈린다고, 그 뜻을 알 수 없어 사랑을 할 때도 밀어야 할지 당겨야 할지, 세워야 할지 눕혀야 할지, 보내야 할지 잡아야 할지, 도대체 정말 모르겠다고, 오탁번 선생의 예를 든 것인데,

현식이 형이 그러는 거다.
"밀물 썰물은 헷갈려 해도 내 거 니 거 헷갈려 하는 사람은 아직 못 봤
다."

규식이 형이 한 마디 거든다고,
"내 거도 내 거, 니 거도 내 거인 사람도 있던데요."
한 것인데,

현식이 형이 카운터펀치를 날렸다.
"그놈은 헷갈린 게 아니고 미친 거잖아."

모르는 게
답일 때가 있다

배운 사람이기는 하지만 (형은 유명 대학은 물론 감방이라는 학교도 다녀왔다) 그렇다고 형은 결코 공자 왈 맹자 왈 하는 사람이 아니다. 자기 생각을 남의 말을 빌려 얘기하는 그런 타입이 아니라는 거다.

신기한 건 형의 얘기를 듣다보면 공자 맹자 노자의 한 구절이 떠오르곤 한다는 거다. 어제도 그랬다. 공직자 비리다 뭐다 요즘 돌아가는 시국에 대해 이런저런 얘기를 나눴던 건데, 형의 얘기를 거칠게 줄이면 이런 거다.

"몰라도 될 이름을 국민들이 기억하면 그게 개판인 나라라는 거야. 일개 청와대 비서관 이름까지 국민들이 안다는 거, 비서관은 고사하고 그 밑에 행정관까지 안다는 거, 그게 나라가 잘못됐다는 반증이다 이거야."

이번에 떠오른 건 노자였다.
"태상(太上)은 하지유지(下知有之)"라는, 임금이 최상의 정치를 하면 백성은 임금이 있다는 사실만 안다는, 나아가 임금이 있는지조차 모를 때가 진짜 태평성대라는, 노자의 한 구절이었다.

쌀과 밥은
사투리가 없다

역이기(酈食其)라는 이가 일찍이 "백성은 밥을 하늘로 삼는다(民人以食爲天)"라고 했는데 세종대왕이 이를 받아 "밥은 백성의 하늘이다(食爲民天)"로 변용하였고, 해월 선생은 다시 "만사를 안다는 것은 밥 한 그릇을 먹는 이치를 아는 데 있다(萬事知食一碗)"로 변용했다. 그리하여 김지하 시인이 "하늘을 혼자 못 가지듯이 / 밥은 서로 나눠 먹는 것 / 밥이 하늘입니다"라고 노래한 거다.

현식이 형이 일찍이 "쌀과 밥은 사투리가 없다"는 말을 취중에 남겼는데 전윤호 시인이 이를 받아 "신도 동네마다 이름이 달라 / 다르게 부르면 해꼬지 하는데 / 밥은 사투리가 없다 / 이 땅 어디나 밥이다"라고 노래한 거다.

사람이 사람을, 말이 말을 낳고 받으면서 세상은 조금씩 환해질 수도 있겠다 싶은 건데, 그나저나 쌀과 밥을 일컫는 사투리가 정말로 없기는 없는 걸까?

사족. 사투리는 아니지만 교도소에서는 "밥 먹자"를 "시다이 쪼자"라고 한단다. 꽁보리밥은 '꽁시다이'라고 부른단다. 이 또한 형이 해준 말이다.

필름 끊겼을 때 들으면
소름 돋는 말

현식이 형하고 풍물시장에서 경춘선을 타는 날이면 영락없이 취한다. 술자리가 길어지기 때문인데, 그런 날이면 다음날 필름이 끊기곤 한다. 일종의 취매 혹은 경춘선증후군이다. 과음하고 필름 끊기는 거야 그럴 수 있다지만 취중에 실언이나 실수한 건 없는지 하는 염려에 영 개운치 않다는 게 문제다. 이런 고민을 털어놓으며 절주를 해야겠다 했더니 형이 그러는 거다.

"그래? 그럼 경춘선 타러 가자. 사는 게 별거더냐. 일장춘몽 취생몽사라는데 나는 몽생취사가 부럽더라."

결국 또 경춘선을 타고 말았던 건데, 춘천에서 서울까지 또 먼 길을 달리고 말았던 건데, 형이 그러는 거다.

"술 마신 다음 날 필름 끊겼는데 누군가 화를 낸다면 차라리 괜찮은 거야. 정말로 무서운 게 뭔지 알아? 고맙다는 얘기를 듣는 거야."

나는 한참 만에 알아듣고는 박장대소를 했는데, 어째 이해가 되시는지?

꽁지머리에
개량 한복 입었으면
가짜다

미투 사건 이후 해외로 떠돌던 김기덕 감독이 저 먼 땅 라트비아에서 코로나 바이러스 감염으로 사망했다는 소식이 들려왔다.

국내보다 해외에서 더 이름이 알려진, 미투 사건 이전부터 국내 팬들에게는 호불호가 완벽하게 갈렸던, 그의 필모그래피만큼 파란만장한 삶을 살았던, 꽁지머리에 개량 한복을 즐겨 입었던, 그의 명복을 빈다.

갑자기 웬 김기덕 감독 이야기냐 싶을 텐데 실은 현식이 형이 종종 하는 말이 있다.

"예술 쫌 한다면서 개나 소나 꽁지머리에 개량 한복이야. 근데 말이다.
내가 육십 년 넘게 살면서 꽁지머리에 개량 한복 입은 놈치고 진짜는
못 봤다. 꽁지머리에 개량 한복 입었으면 그거 십중팔구 가짜다."

언젠가 막사발로 유명한 김용문 도예가가 찾아왔을 때도 형이 그랬다.

"꽁지머리에 개량 한복 입은 걸 보니 가짜 아닌가 모르겠다."

그렇다면 김기덕 감독은 가짤까 진짤까 문득 그것이 알고 싶어졌다.

조지아주에서
버지니아주로 가려면
아직도 넘어야 할 산이 너무 많다

군 복무 중 성 전환 수술로 여성이 되었지만 여
전히 당당한 군인이고자 했던, 군번 17–500589
변희수 하사가 지난 3일 자택에서 숨진 채 발견
됐다. 군 당국은 "성기 훼손은 자해이고, 남성의
성기가 없는 것은 장애"라며 변 하사를 강제 전
역시킨 건 정당하다고 주장하고 있다.

하리수를 비롯하여 현식이 형을 거리낌 없이 형이라 부르고 오빠라 부르는 트랜스젠더 동생들이 제법 많은데, 그중에서도 내게 가장 인상을 깊게 남긴 트랜스 여성이 한 명 있다. 변 하사의 안타까운 죽음을 보면서 문득 그때 그 일을 떠올리는 거다.

춘천의 라이브카페 투투에서 형을 비롯한 여러 사람들이 술을 마시고 있을 때였다. 마침 현식이 형을 만나러온 그녀도 그 자리에 있었는데, 누군가 트랜스젠더 얘기를 꺼내는 바람에 분위기가 싸해지고 형의 표정이 일그러지는 위촉즉발의 순간이었다.

"맞아요. 내가 자-지아주에서 났지만 이제 보-지니아주에 살아요. 그게 뭐 어때서! 술이나 마시자구요."

그녀의 한마디에 형도 웃고 분위기는 다시 유쾌 통쾌 명랑해진 거였다.

지금 생각해도 참 멋진 사람인데, 그런 멋진 사람이 멋지게 살기에는 아직도 넘어야 할 산이 너무 많지 않은가 싶은 거다.

4부
춘천 사는 간서치

백석이 사랑한
나타샤

쓸쓸히 소주를 마시는데
눈은 푹푹 내리고
그래서 불쑥
-형, 백석이 사랑한 나타샤가 누굴까요?
나도 모르게 그만 한마디 던진 것인데
그것도 모르냐고
그러고도 시인이냐고
-러시아 작부랑 하룻밤 응응한 얘기잖아 그때 러시아 작부들이 많았
는데 그냥 다 나타샤로 불렀어 다 나타샤였다니까! 당나귀도 흰 당나
귀라잖아 그게 뭐야 백마잖아!

현식이 형에게 시집 『그런 저녁』 발문을 굳이 부탁한 까닭이다.
어처구니없다고?
엄연한 사실이다!

언어장애우 삼룡이와
지적장애우 아다다

옥광산 그빵집이며 박물관이며 찜질방이며 데미안책방이며 가보면 알겠지만, 현식이 형이 운영하는 업장들은 하나같이 휠체어로 드나들기 편하게 설계되어 있다.

볕이 따듯한 어느 봄날의 일이다. 그빵집에서 형과 커피를 마시다가 문득,

"장애우를 배려하는 형의 깊은 마음을 사람들이 좀 알아야 하는데 그죠?"

나름 아부 좀 한다고 한 것인데, 형이 그러는 거다.

"장애인에게 장애우 장애우 하면 어이쿠 나를 친구로 생각해줘서 고마워요 할 것 같냐? 차별적 언어도 문제지만, 언어의 획일적 적용도 문제라고 생각하지 않니? 벙어리 삼룡이를 언어장애우 삼룡이로 바꿔야 하겠니? 백치 아다다를 지적장애우 아다다로 바꾸고 심청전 심봉사를 시각장애우 심으로 바꿔야 하냐 말이야? 왜, 언어장애우 장갑 하나 사줄까?"

이거야 원, 장애우가 어쩌다 벙어리 삼룡이까지 간 건지. 귀신에 홀린 것도 아니고. 럭비공 같은 현식이 형이 어디로 튈지 언제 삼천포로 빠질지 귀신도 모른다.

방울토마토에서
정말 방울 소리가 들릴까

뭉크의 그림 <절규>를 들여다보던 현식이 형이 갑자기 두 손으로 귀를
막는 거다.

"형, 귀를 왜 막아요?"
"비명 소리가 들릴까 봐."

함께 풍물시장을 갔을 때는 이런 일도 있었다.

"방울토마토를 왜 흔들어요?"
"방울 소리 들으려고."
"참외 냄새는 또 왜 맡아보는데요?"
"정말로 개똥냄새가 나나 싶어서."

형은 소설을 쓰고 나는 시를 쓰는데,
누가 소설가고 누가 시인인지 헷갈릴 때가 있다.

B급이
진짜다

현식이 형은 세상이 다 아는 수집가다. 형이 수십 년 모은 옛날 책이며 그림이며 온갖 것들을 합하면 그 수를 헤아릴 수가 없다.

한 가지 궁금한 건 그 온갖 것들이 대체로 B급들이라는 거다. 물론 명품도 많지만, 청자 백자 놔두고 똥항아리 같은 옹기를 모으고, 유명 그림 놔두고 이발소 그림이며 달력 그림을 모은다. 이유를 물었더니 그러는 거다.

"사상계, 씨알의 소리, 창비 이런 건 이사 갈 때도 다들 챙겨 가지만 선데이서울은 버리고 가잖아. 근데 말이다. 세상에는 고급문화도 필요하지만 저급문화도 필요한 거야. 그리고 B급 문화가 오히려 진짜 삶에 가깝지. 그러니까 나는 B급을 모으는 게 아니라 진짜를 모으는 거다. 이놈아."

오늘도 '진짜'로 한 방 먹었다.

춘천 사는
간서치

조선 최고의 문장가로 꼽히는 이덕무(1741~1793)는 책에 미친 바보 즉 간서치(看書癡)라 불렸다. 연암 박지원은 이덕무가 평생 2만 권이 넘는 책을 읽었다고 했다.

이덕무보다 더 책에 미친 바보를 나는 본 적이 없다. 현식이 형을 만나기 전까지는 말이다. 때와 장소를 불문하고 형의 손에서 책이 떨어진 것을 나는 본 적이 없다.

이덕무가 "내가 책을 좋아하는 것은 여색을 좋아하는 것과 같다"고 했는데, 형에게 독서 철학에 대해 물은 적이 있다. 형의 대답은 늘 그렇듯 간단했다.

"철학은 무슨, 재미있는 책만 읽어. 세상에 읽을 책이 널렸는데 재미없는 걸 왜 읽어. 첫 장에 결말이 드러나면 재미없잖아. 그런 책은 안 읽어. 새드 엔딩도 싫어해. 잭 리처처럼 진짜 영웅은 위기가 없는 서사, 예를 들자면 그런 게 좋아."

현식이 형이 앞으로 남고 뒤로 밑지는 장사인 줄 뻔히 알면서도, 춘천에서 가장 큰 서점 데미안책방을 차린 것을 보면 형은 간서치가 맞다. 아무렴!

사족. 안타깝게도 데미안책방이 올해 문을 닫았다. 춘천의 큰 문화 공간 중 하나가 사라진 셈이다.

우연일까
홍연일까

안예은의 노래 <홍연>은 "세상에 처음 날 때 인연인 사람들은 손과 손에 붉은 실이 이어진 채온다 했죠"로 시작된다.

현식이 형은 소설을 쓰고 나는 시를 쓴다. 둘 다 글쟁이다.
형은 나의 대학교 12년 선배인데, 또한 내 아버지의 고등학교 18년 후배이기도 하다.
형수의 성이 윤씨이고 생일이 칠월칠석인데, 내 아내의 성이 윤씨이고 생일이 칠월칠석이다.
형이 딸 둘을 두었는데 나도 딸딸이 아빠다.

형의 큰딸 이름이 주희인데, 내 여동생의 이름이 주희다.
형이 운영하는 옥광산이 춘천 동면에 있는데, 내가 태어난 곳 또한 동면이다.

우연이겠지만 홍연(紅緣)일 수도 있겠다. <우리 동네 현식이 형>을 쓰게 되기까지 어쩌면 그렇게 붉은 실이 이어진 것인지도 모르겠다. 그런 생각을 할 때가 있다.

사족. 형에게 보여주었더니, 중국에서는 세상의 모든 관계를 '연분'이라고 하고 특별히 남녀 간의 연을 '인연'이라 한단다. 그러니 우리 사이가 '연분'이란다.

말이 무서운 건
사정거리가 없어서다

탄알, 포탄, 미사일 따위가 발사되어 도달할 수 있는 곳까지의 거리가 사정거리다. 사정거리가 가장 긴 무기는 대륙간 탄도 미사일이다. 일만 킬로미터 이상의 사정거리를 갖고 있으며 대기권 밖을 비행한 후 핵탄두로 적의 전략 목표를 공격할 수 있는 최첨단 무기다.

어쩌다 이런 얘기 끝에 현식이 형이 그러는 거다.

"동서고금 최첨단 무기는 따로 있어. 말이라는 거야. 추진체도 필요 없고 장전도 무제한이고 무엇보다 사정거리가 없어서 그야말로 시공을 초월해서 적에게 치명상을 입힐 수 있거든. 칼로 입은 상처는 꿰매면 되지만 말로 입은 상처는 꿰맬 수도 없고 아물지도 않아. 그래서 말이 무서운 거다. 문제는 적보다 자신을 해치는 경우가 더 많아서 조심스럽게 다뤄야 한다는 거지만. 말이야말로 세상에서 가장 위험한 무기지."

그나저나 형은 아는지 모르겠다.
세상에서 가장 무섭고 위험한 그 말을 세상에서 가장 무섭게 장착한 사람이 본인이라는 사실을.

두껍아 두껍아
새 집 줄게
헌 집 다오

참새가 방앗간 지나치는 일 없다면, 현식이 형은
고물을 보고 지나치는 일이 없다.

형이 수집한 고물은 이미 수천 아니 수만 점이다.

그렇다고 형은 넝마주의도 아니고 고물상 주인
도 아니다.

그럼 뭐냐고?

형은 그러니까 고물 큐레이터다.

(이런 직업이 있긴 하나?)

하여튼 형은 망가진 고물을 가져다가 이야기를 입히는 사람이다.

"두껍아 두껍아 새 집 줄게 헌 집 다오."

형은 오늘도 노래를 부르며 고물을 찾아 나선다.

돌 보기를
돌같이 해라

현식이 형을 만난 지 얼마 안 되었을 때, 어쩌다가 돌 얘기가 나왔다.
나도 수석 좀 한답시고 전국 안 다닌 돌밭이 없다고 그랬더니, 다음 날
보기만 해도 숨이 꼴깍 넘어갈 것 같은 춘천 호피석 한 점을 건네는 거
다.

"옛다. 니 해라."

어느 날인가는 요즘은 왜 돌을 안 하냐고 물었더니, 오랫동안 돌을 했
다는 선배 얘기를 꺼낸다.
손주가 실수로 돌을 떨어뜨렸는데, 손주 다친 데를 살피기보다 돌 깨진
데 없나 먼저 살폈다면서 그걸 자랑이라고 떠드는데 그만 오만정이 떨
어졌단다. 그러면서 한마디 건네는 거다.

"니는 돌 보기를 돌같이 해라."

나는 지금도 형이 준 호피석을 돌같이 돌보고 있다.

사는 게 일이지
죽는 게 일이냐

백만 번을 죽고 백만 번을 산 얼룩고양이, 『100 만 번 산 고양이』라는 베스트셀러를 쓴 사노 요코 할머니는 일흔세 살에 암으로 죽었는데, 나는 이 유명한 일본 할머니의 책 중에서 『사는 게 뭐라고』와 『죽는 게 뭐라고』를 기억하는데, 사는 게 뭐라고 그카며 명랑하게 살다가, 죽는 게 뭐라고 그카며 명랑하게 죽은 요코 할머니를 기억하는데, 사실 내가 요코 할머니를 기억하는 건 순전히 현식이 형 때문이다.

세상이 자꾸만 흉흉해져서, 이놈의 세상이 살 세상이 아니라 죽을 세상이라고, 세상 한탄을 좀 했더니, 형이 그러는 거였다.

"객소리 그만두고 『100만 번 산 고양이』나 읽어봐라. 사는 게 일이지 죽는 게 일이더냐."

"사는 게 뭐라고, 죽는 게 뭐라고", 요코 할머니의 말이 맞는 건지.
"사는 게 일이지 죽는 게 일이냐", 현식이 형의 말이 맞는 건지.

아직은 모르겠지만 뭐 살다보면 알게 되겠지.

역전앞을 싫어해,
중언부언 콤플렉스

글쟁이로서 현식이 형은 불요불급(不要不急)한 말을 싫어한다. 말의 과유불급(過猶不及)을 싫어한다. 소위 동어반복증후군에 대해 진저리를 친다.

나는 그런 형을 중언부언(重言復言) 콤플렉스라고 부르며 가끔은 그것 때문에 논쟁을 벌이기도 한다. 형의 기준대로라면 글의 맛이 떨어지는 경우도 종종 생기기 때문인데, 형은 여전히 불요불급한 말을 배척한다.

"얼굴에 화색이 돈다"고 하면, "얼굴 빼면 안 되겠니?"

"흰 눈이 하얗다"고 하면, "흰 눈이 하얗지 꺼멓냐?"
"죽기를 각오하고 결사적으로 싸웠다"고 하면, "두 번 죽겠다는 거냐?"
"밖으로 표출했다"고 하면, "어떻게 하면 안으로 표출할 수 있는데?"

이런 식이다.
가끔은 반박할 때도 있지만, 대개는 그러려니 넘어간다.
왜? 맞는 말은 맞는 말이니까.

사족. 형이 물을 때는 묻는 말에 꼭 일대일 대응을 해야 한다. 가령 "점심
먹었냐?" 물으면 "네, 먹었습니다"라고 해야 한다. 만약 "친구하고 짜장면
먹었는데요"라고 부연 설명을 하면 "내가 점심 먹었냐고 물었지, 누구랑
뭐 먹었냐고 물었냐? 내가 그것까지 알아야 하냐?" 요렇게 까칠한 반문이
날아올 테니까.

내가 형의 롤렉스 안부를
묻는 이유

직원 셋을 내보내야 할 만큼 출판사 경영 상황
이 악화됐을 때 일이다.

세 사람 퇴직금과 인쇄소와 제본소에 그 동안
밀린 대금까지 4천여 만 원을 마련하지 못하면
결국 문을 닫아야 할 판이었다. 마지못해 현식
이 형에게 사정 얘기를 했더니, 손목에 차고 있
던 시계를 풀어주는 거였다.

"나도 지금은 상황이 좋지 않다. 이거라도 줄 테
니 처분하면 급한 불은 끌 수 있을 거다."

그때까지만 해도 롤렉스가 그렇게 비싼 줄 미처 몰랐다.

롤렉스를 보자기에 꽁꽁 싸매고 공공칠가방에 넣어서는 서울로 고고
싱! 중고명품 거래하는 곳을 물어물어 찾아갔다. 조금이라도 더 쳐주
는 곳을 찾아서 다섯 군데쯤 다녔던 것 같다. 세상에나, 세상에나, 마지
막 가게에서 무려! 오천만 원을 쳐주는 거다.

그렇게 해서 출판사 문 닫을 위기를 간신히 넘겼던 것인데.
지금 같은 상황이라면 출판사는 언제든 또 위기가 닥칠 것인데.

형의 집에는 아직 롤렉스가 몇 개 더 있다.
형에게 롤렉스 잘 있죠 안부를 묻는 이유다.

사진으로 보는
우리 동네 현식이 형

씹새와
시방새

현식이 형과 형수는 견우와 직녀처럼 일 년에 한 번 오작교에서 만난다……는 아니고, 한두 달에 몇 번꼴로 만난다. 제주 사는 형수가 한두 달에 한 번꼴로 춘천에 온다. 씹새와 시방새의 달콤 살벌한 사랑 이야기는 앞으로도 그렇게 쭈~욱 이어질 전망이다.

이문구와
임우기

현식이 형이 제일 좋아하는 소설가는 이문구 (李文求)다. 이문구가 그의 글에서 구사한 충청 남도 특유의 가락을 형은 무척 좋아한다. 평론 을 쓰는 임우기 형이 이문구문학상을 함께 만 들어보자고 형을 찾아왔을 때 반가워하던 모 습이 아직도 눈에 선하다. 이런저런 이유로 없던 일이 되었지만, 임우기 형은 지금도 술이 거나해 지면 현식이 형에게 전화를 하곤 한다.

잉어 문신과
더블유

본문에서 이미 얘기했지만, 현식이 형의 배에는
연잎 사이로 커다란 잉어 한 마리가 여보란 듯
입을 쩍 벌리고 있다. 형의 잉어를 보려면 요선동
단란주점 "더블유(W)"를 가야 한다. 다른 데서
는 형이 웃통을 벗는 일이 별로 없는데, 유독 더
블유에서는 웃통을 벗는 까닭이다. 그 집 사장
김미숙 씨가 형과 삼십 년 지기(知己)이고 청풍
김씨로 한 집안이다 보니 편안해서 그럴 것이라
다만 추측만 할 뿐이다.

풍물장터와
취매역

춘천 풍물시장 초입에 풍물장터라는 막걸릿집이 있(었)다. 이곳에서 현식이 형이랑 날궂이를 참 많이 했는데, 어느 날 형이 이곳을 아예 취매역으로 바꿔주면 어떻겠냐고 사장인 신정아 씨에게 물었다. 한 달 만에 풍물장터는 취매역으로 바뀌었고 신정아 씨는 취매역장이 되었다. 안타깝게도 풍물시장 취매역은 이런저런 사정으로 불과 몇 개월 만에 역사 속으로 사라졌지만……:

요선동 막걸리카페
봄봄

주간신문 <춘천사람들>이 입주해 있는 요선동 건물 1층, 양주와 맥주를 팔던 바(Bar) "요선동 그집"이 막걸리카페 "봄봄"으로 바뀌었다. 사실 건물주는 현식이 형이다. 사장인 김정헌 씨의 딱한 사정을 듣고는, 그럼 내 건물 1층 비었으니까 거기 쓰면 되겠네, 해서 마침내 봄봄이 문을 연 것이니, 당연히 형은 "봄봄"의 단골이 되었다.

요선동
평창이모집

춘천에서 현식이 형을 모르면 간첩이듯이, 요선
동에서 평창 이모를 모르면 간첩 된다. 평창 이
모와 현식이 형은 얼추 비슷한 또래인데, 평창
이모가 한두 살 혹은 서너 살 위일 것이다. 형은
어느 가게를 가든 여주인에게 "아가씨"라고 부
르는데, 평창 이모만큼은 그냥 이모로 부른다.
평창이모집 단골 중에 현식이 형이 아마도 최고
령이 아닐까.

요선동
멍텅구리

현식이 형은 소고기 매니아다. 아침에 눈 뜨자마자 수육 한 접시로 아침을 때우기도 하고, 굽기도 전에 소갈빗살을 날 것으로 된장에 찍어 먹기도 한다. 그렇다고 형이 아무데나 가서 소고기를 먹지는 않는다. 소갈빗살을 먹을 때는 동부시장 "대복소갈비살"을 가고, 소갈비를 먹을 때는 소양동 "봉운장"을 가고, 등심이나 안심을 먹을 때는 요선동 고깃집 "멍텅구리"를 간다. 멍텅구리 사장님은 형의 고등학교 선배이기도 한데, 지금은 식당 운영을 두 딸이 맡아서 한다. 그집 두 딸은 형을 "아부지"라고 부른다.

요선동 라이브카페
투투

현식이 형은 내로라하는 주당이다. 형은 체질적으로 양주처럼 독한 술을 잘 못 마시고, 낮술은 거의 안 하지만 그럼에도 불구하고 형은 분명 내로라하는 주당이다. 기회만 된다면 매일 술을 마셔도 좋고, 주종인 맥주라면 두주불사에 가깝기 때문이다. 춘천의 명가수 박현식 형이 요선동에 라이브카페 "투투"를 지난해 오픈했는데, 지금까지 형이 마신 맥주(카프리)는 모르긴 해도 수백 병은 족히 되지 않을까. 현식이 형이 가면 박현식 형이 꼭 부르는 노래가 있다. 가수 김현식이 부른 노래 「꿈이어도 사랑할래요」. 투투에 가면 세 명의 '현식'을 만나곤 한다.

석사동 음악카페
화양연화

현식이 형도 젊은 시절 한때는 DJ였다. 한때는
<남신의주유동박시봉방>이라는 카페도 운영
했었다. 그런 형이 요즘 가는 음악카페가 석사
동의 "화양연화"다. 카페 주인인 최대식 씨는
40년 경력의 DJ이다. 형이 화양연화를 자주 가
는 까닭이다. 음악적인 공감대와 추억을 공유
할 수 있기 때문이다. 두 사람이 대화를 나눌
때는 문외한인 내가 끼어들 틈이 없다.

퇴계동
황금돼지저금통

최삼경 형의 『강원의 화인열전-그림에 붙잡힌 사람들』이 막 나왔을 때다. 삼경 형이 출판기념회 대신 몇몇 사람들과 조촐하게 저녁이나 먹자고 해서 처음 간 곳이 바로 퇴계동 고깃집 "황금돼지저금통"이다. 현식이 형과 현식이 형의 고등학교 2년 선배인 정용언 형님을 비롯해서 춘천의 예술인 문학인이 제법 모였다. 조촐하게 저녁이나 먹자고 하더니 그게 아니었다. 우야든동 그 집은 조종걸, 최성희 부부가 운영하는 식당이었는데, 초면인데도 어찌나 살갑게 대하던지. 그때부터였다. 현식이 형이 돼지갈비를 먹을 때면 늘 그러는 것이었다. "돼지저금통 가자."

발문

우리 동네 박 시인

김현식 • 소설가

박제영 시인은 오랜 글벗이자 술벗입니다. 그런 아우가 저의 객쩍고 허튼 소리들을 모아서 이렇게 글의 꼴을 갖추어 책으로 펴냈습니다. 좋은 글벗을 두었더니 이런 호사를 누립니다.

아우가 발문을 부탁했습니다만, 아우가 쓴 <우리 동네 현식이 형>의 글꼴을 빌려서 발문을 대신합니다.

시골 사는 글쟁이 둘이서 벌인 얄궂은 글 장난에 불과하겠지만 독자들께서 즐겁게 보아주시면 또한 고맙겠습니다.

개팔자 상팔자

지난 얘기 잘 안 하고 안 묻는데 어느 날 대기업을 그만두고 낙향하기까지 어땠는지 물었습니다.

-벤처기업 차려 잘나가던 때도 있었죠. 그 옛날에 상당한 액수의 삼성 전자 주식을 사기도 했었습니다.

-그거 지금은 계산도 못 할 정도로 큰돈 되었겠는데?

-다 팔아서 지인이 차린 스타트업 회사 주식을 도와준답시고 샀죠. 어쨌든 계산 안 되는 액수가 되긴 했습니다.

남의 말 하듯 덤덤하게 털어놓은 뒤 웃습니다.

-다 팔자죠, 뭐. 그래도 지금 행복합니다.

자칫하면 개도 팔고 상도 팔 뻔했다는 얘기는 나중에야 들었습니다.

천상 시인임을 확실하게 알았습니다.

ps. 하마터면 못 만날 뻔했습니다.

기계문학과를 만들다

어느 날 소설가 나부랭이가 어떠니, 시인 따위가 저떠니, 티격태격하다가 제가 전가의 보도를 꺼냈습니다.

-야, 넌 공대 출신이면 공돌이나 하지, 시는 왜 쓴다고 오지랖이야.

-어? 형은 뭐 문창과나 국문학과 나왔어? 나는 그래도 기계문학과 나온 거 몰라?

세상에 하나뿐인 기계문학을 전공한 잘난 넘과 아웅다웅 즐겁게 지내고 있습니다.

저는 외교문학과를 나왔습니다.

ps. 제영이는 딱 12년 밑인 같은 학교 후배입니다.

부뚜막에서 새는 바가지는 밭에서도

이년 전 베트남 호찌민.

새벽 산책 끝에 노점에서 코코넛 하나씩 사서 빨대를 물고 있는데 스쿠터가 우리 앞에 서더니 조그만 아가씨가 내려 우리를 스윽 훑어보더니 대뜸 한가운데에 서 있는 제영이에게 다가와 느닷없이 사타구니를 움켜쥡니다.

놀란 제영이 비명을 지르며 코코넛 들지 않은 손으로 떼어내려 합니다.

-뭐, 뭐야?

아가씨는 바로 스쿠터를 몰고 떠나는데 묘한 웃음을 짓고 되돌아봅니다.

-야, 소지품!

핸드폰을 털렸습니다.

일곱 명 일행 중에 하필이면 가운데에 있던 만만이를 고른 눈썰미에 감탄했습니다.

ps. 우리 모두 웃다가 지청구만 실컷 들었습니다. 보디가드 구실 못했다고요.

니밥과 괴깃국

월간 태백 시절, 사무실 근처 터널불고기에 마감 회식을 하러 갔습니다.

차돌박이를 처음 먹어본다는 제영이가 젊은 친구들에게 일일이 묻습니다.

-너 이거 알아?

-넌 이거 먹어봤어?

-너도 이거 알고 있었어?

지만 처음이라는 걸 알고는 소맥에서 바로 알소주로 갈아타고는 말이 없어졌습니다.

편집장이 언어의 발골사지 정육의 달인은 아니지요.

ps. 좋은 옷 입고프냐 맛난 것 먹고프냐 아서라 말아라 군인 아들 너로다.

엄살쟁이의 공갈

언젠가 제가 통각이 매우 둔하다는 얘기가 나왔습니다.

-형 같은 사람 잡혀 오면 고문하는 사람이나 형이나 차암 힘들겠다.

-그러게. 너는?

-난 고문 같은 거 안 당할 거야.

-?

-날 건들기만 해봐. 쪼끔이라도 아프게 하면 진짜 암것두 말 안 할 거 야!

폭력을 행사하는 건 고사하고 그런 얘기를 화제에 올리는 것조차 극혐하는, 세상에서 버금가라면 서러워할 비폭력주의자 간디와 외모도 많이 닮은 사람이 제영입니다.

ps. 욕도 지지리 못 한답니다.

詩心人 삼위일체

검도에서는 검신일체가 되라고 합니다.

칼은 몸으로 쓰지만 글은 마음에서 나와야 하죠.

글이 좋으면 글쓴이를 만나지 말고 사람이 좋으면 그가 쓴 글은 안 읽는 것이 편하다는 말은 글 동네에 널리 알려져 있습니다.

드물지만 그렇지 않은 사람을 만나면 행복해집니다.

저는 그런 사람을 여럿 가진 과분한 복을 누리고 있죠.

그중에 으뜸이 박제영입니다.

ps. 매우 편파적. 매우 맞습니다.

김현식   B급 잡지나 장난감, 오래된 물건을 모으고, 일주일에 열 권 정도 책을 읽는다. 돈은 벌 만큼 벌어봤고 쓸 만큼 써봤으니 이제 소설을 쓸 만큼 써보고 싶다. 1982년 『소설문학』으로 등단하였고, 월간 『태백』 발행인을 역임했다. 정선태 국민대 교수와 공편저로 『'삐라'로 듣는 해방 직후의 목소리』(소명출판, 2011), 장편소설로 『북에서 왔시다』(달아실, 2018)가 있고, 필명으로 몇 권의 소설을 썼다.

100억을 말아잡수신
우리 동네 현식이 형

1판 1쇄 발행	2021년 7월 20일

지은이	박제영
그린이	김준철
발행인	윤미소
발행처	(주)달아실출판사

책임편집	박제영
디자인	전형근
마케팅	배상휘
법률자문	김용진

주소	강원도 춘천시 춘천로 257, 2층
전화	033-241-7661
팩스	033-241-7662
이메일	dalasilmoongo@naver.com
출판등록	2016년 12월 30일 제494호

ⓒ 박제영, 2021
ISBN 979-11-91668-04-9 03810